La isla del Dr. Morose

Mike Gagnon

Published by Mike Gagnon, 2025.

LA ISLA DEL DR. MOROSE

First edition. September 23, 2025.

Copyright © 2025 Mike Gagnon.

ISBN: 978-1988369693

Written by Mike Gagnon.

CAPÍTULO 1

Un cadáver con los ojos muy abiertos miraba boquiabierto al cielo. El brillante sol brillaba sobre su rostro castaño, interrumpido de vez en cuando por la sombra de una hoja de palmera que se mecía en la suave y cálida brisa. Apestaba y estaba podrido por la podredumbre.

El viento soplaba, volviéndose fuerte y fuerte, arrastrando hacia un lado el mechón de pelo que le quedaba. Su piel era oscura y su ropa era frondosa y austera, típica de los nativos de esta isla tropical frente a la costa de Haití. Todo su cuerpo estaba marchito y reseco por la exposición a los elementos.

Parecía momificado, tal y como cabría esperar de cualquier otro cadáver que hubiera quedado expuesto a las inclemencias del clima tropical, con la salvedad de que estaba en movimiento. El cadáver caminaba, se tambaleaba por la playa, con los ojos fijos en el cielo y las palmeras que se balanceaban. La criatura pasó desapercibida para la belleza del paraíso tropical, con agua salada bañando la playa de arena blanca de la costa. La expresión del rostro de la criatura, que se tambaleaba, parecía un poco confusa, tal vez por su estado, tal vez por la razón por la que estaba consumido por un hambre tan insaciable, o tal vez simplemente por el sonido cortante que flotaba en la brisa, haciéndose más fuerte a cada segundo. Inesperadamente, el cadáver tenía puesto algo único. Un collar metálico, brillante y brillante, extraño para un simple nativo. Una larga púa en la parte interior del collar clavaba firmemente en la columna vertebral del monstruo en ruinas.

«¿Gah?» el zombi gimió de agonía.

El ruido se hacía cada vez más fuerte, y cualquiera que no fuera un zombi haitiano lo podía reconocer cuando se acercaba un helicóptero. Pronto, los ojos abiertos y muertos del confundido zombi se fijaron en el ruidoso helicóptero que crecía en el cielo. El avión sobrevoló lentamente la isla. El zombi simplemente se quedó mirando fijamente, con la boca abierta.

Alguien en el helicóptero miraba hacia atrás.

1

«¡Malditos zombis sucios y apestosos!» dijo un hombre negro de piel oscura que llevaba un casco de comunicación y una mueca de disgusto en su rostro.

El hombre se llamaba Zeb y se había convertido en piloto de helicóptero chárter después de jubilarse anticipadamente de la Fuerza Aérea de los Estados Unidos.

Dentro de la cabina, Zeb apretó lentamente sus mandos, bajando el helicóptero mientras seguía expresando su disgusto. Una mujer de cabello oscuro y rasgos hispanos estaba sentada en la zona de carga, con el pelo largo hasta los hombros colgando sobre una fina camiseta sin mangas de color turquesa y unos pantalones cortos tipo cargo que eran casi lo suficientemente pequeños como para ser un calzoncillo. Aunque la ropa era suficiente para ocultar su cuerpo firme y con el tono de un gimnasio, los pantalones cortos tenían suficientes bolsillos para guardar todos los suministros que necesitaba para completar su trabajo como periodista de investigación. Se llamaba Marija. Junto a ella estaba sentado un joven de piel clara y cabello pelirrojo, con una barba pelirroja a juego, llamado Jeremy. Jeremy llevaba pantalones cortos cargo pesados y mucho más voluminosos, y una camiseta. A pesar del aumento de su material, los pantalones cortos que usaba no permitían guardar todo lo que necesitaba. No es que fuera demasiado grande para su ropa; estaba en buena forma para ser un recién graduado de la universidad que había pasado el mismo tiempo de fiesta que de estudio. Tenía que cargar con una bolsa de lona negra, que estaba en el banco de al lado, para asegurarse de que tenía todos los suministros necesarios para completar su trabajo. Jeremy era el fotógrafo de Marija en este encargo para su empresa, la revista Timely Magazine.

Jeremy se maravilló ante la macabra escena. El joven colocó un teleobjetivo largo en su cámara, destinado a tomar fotografías de alta calidad, y lo levantó. Dirigió su lente hacia el zombi que miraba boquiabierto desde la playa, apuntó al cadáver en ruinas y tomó algunas fotografías. El zombi ocupaba cada vez más espacio del encuadre en cada foto consecutiva mientras el helicóptero descendía hacia la suave arena blanca.

«¡Toda una maldita isla llena de ellos!» Zeb continuó.

«¡Ewww! ¡Tienen un aspecto tan asqueroso!» Marija intervino.

«Llámenme loco, pero creo que es genial», respondió Jeremy, inmerso en el análisis de la vida que lo rodeaba a través de su lente.

Marija le dio a Jeremy un codazo juguetón y una sonrisa.

«Está bien. ¡Estás loco!» Marija coqueteó.

Sonrió mientras se empujaba, levantando su cámara en el aire con una mano.

«¡Ja, ja! ¡Tal vez lo esté!» Jeremy estuvo de acuerdo.

El objetivo fotográfico de Jeremy no tardó en volver a ver el rostro confuso del zombi, que miraba fijamente al helicóptero. Los chasquidos y zumbidos de su cámara eran inaudibles a través de los ensordecedores motores del helicóptero.

El helicóptero descendió lentamente hasta la playa, moviéndose de un lado a otro con cautela, como si la propia máquina tuviera inteligencia propia y dudara tanto en aterrizar en ese lugar como el piloto. A lo lejos, a unos 40 metros de distancia, más allá de la arena y del aturdido zombi, se alzaba un edificio blanco impoluto de estilo bungalow.

El zombi se quedó mirando fijamente a Jeremy y Marija, aún estupefacto, mientras Marija miraba hacia atrás con nerviosismo. Jeremy siguió tomando fotos.

Zeb se sentó tranquilamente a los mandos mientras apagaba los motores. La hélice seguía girando y soplando aire en forma de torbellino, lo que hacía que todos los cabellos se movieran de un lado a otro, como si estuvieran atrapados en un ciclón.

Un equipo de médicos con batas de laboratorio caminó rápidamente en fila desde las puertas de cristal del edificio blanco y cruzó la arena en dirección a los recién llegados a la playa. Se trataba de los doctores Schmidt, Romero y Hugo.

Los médicos se acercaron al helicóptero, todos caminando en fila. Romero lideraba la manada. Atlas Romero era un tipo corpulento y jovial que tenía el pelo negro de longitud media, con mechones blancos que formaban alas en los lados de la cabeza.

Sobre los mechones de pelo de Romero, un pico calvo brillaba bajo el sol. La barba de chivo recortada de Romero combinaba con la combinación de colores de dos tonos de su cabello. Deiter Schmidt era lo opuesto a Romero en todos los sentidos: alto, en forma, de pecho ancho, de mandíbula cuadrada y guapo. Un ejemplo perfecto de su herencia alemana, excepto por su cabello negro y oscuro. Lo único que Schmidt y Romero tenían físicamente en común era la similitud de edad, ya que ambos tenían alrededor de cincuenta años. Hugo era en realidad Hugo Schmidt, el hijo del Dr. Schmidt. Aunque tenía la mitad de la edad de su padre y era un poco más pesado, el parecido familiar era evidente. Todos los médicos tenían la cabeza agachada y los brazos extendidos para protegerse la cara del viento y la arena que soplaba a causa del cuchillas girando por encima del helicóptero. Otros zombis habían venido a ver cómo deambulaban por la playa sin rumbo fijo, todos con collares de control robóticos.

Jeremy sacó más fotos con su cámara.

Zeb se apartó de su asiento delantero y se dirigió bruscamente a Marija y Jeremy, sorprendiéndolos y haciendo que volvieran a centrar su atención en el mundo que había dentro del helicóptero.

«¡No hay nada genial en estas cosas! ¡Son peligrosos! Regresa a este helicóptero si no te sientes seguro, ¿entiendes?» Zeb ladró.

Jeremy extendió la mano y puso una mano sobre el hombro de su amigo, que parecía preocupado.

«Por supuesto. Tío, lo siento mucho, no estaba pensando...», se disculpó Jeremy.

El sonido de una garganta despejándose detrás de ellos sorprendió al grupo, que dirigió la atención de los tres hacia el lado abierto del helicóptero. A modo de presentación, el Dr. Schmidt se puso de pie con la mano extendida hacia Marija.

«Bienvenido a Ile de la Gonave...», dijo Schmidt con una amplia sonrisa.

Schmidt siguió de pie en la puerta, estrechando la mano de Marija, y luego hizo un gesto hacia el Dr. Romero y Hugo, que estaban de pie junto a él.

«Soy el Dr. Deiter Schmidt. Este es mi asistente, el Dr. Atlas Romero, y ese apuesto jovencito es mi hijo, Hugo», presentó Schmidt.

Schmidt, un estudiante de último año, ayudó a Marija a bajar del helicóptero cuando Jeremy comenzó a llevar todo su equipo de cámara y sus maletas a un lado del helicóptero.

«Solo tienes que seguirnos hasta el interior y dejar todas tus maletas. Los sirvientes las recogerán», explicó Romero.

Hugo, Romero, Schmidt, Zeb, Marija y Jeremy caminaron en fila por la arena blanca y profunda, hacia las pesadas puertas de acero y vidrio reforzado del complejo de investigación de Schmidt. Una procesión de zombis siguió a poca distancia detrás de la fila de los vivos, cada uno de los cuales llevaba equipaje desde el helicóptero. Jeremy miró hacia atrás y luego volvió la mirada hacia Marija. Ella también había estado mirando hacia atrás, y los dos compartieron un momento de comprensión con los ojos muy abiertos. Jeremy hizo un gesto hacia los sirvientes zombis, un poco nervioso.

«Está bien, eso es un poco espeluznante...» Se estremeció.

Momentos después, Schmidt llevó al grupo a una sala de conferencias con techos bajos y poca luz. Los asientos y las mesas estaban distribuidos por toda la sala, y había un proyector digital colocado en un podio en el centro de la sala habitación. Schmidt estaba ligeramente a un lado de la pantalla blanca montada en la pared. La pantalla hizo todo lo posible para reflejar la luz ambiental que la rodeaba desde la parte frontal de la habitación. Con un gesto amplio y amplio, el brazo extendido de Schmidt dirigió al grupo hacia sus asientos. Romero se quedó dentro de la habitación, manteniendo la puerta abierta para que el resto del grupo entrara.

Los asientos le recordaban a Jeremy los pequeños escritorios unidos a pequeñas sillas de madera, como en el jardín de infantes, solo que más grandes.

«Los sirvientes llevarán sus maletas a sus habitaciones. Si os sentáis todos, os explicaremos cómo nuestros experimentos en curso han hecho posible la vida que disfrutamos en la isla», anunció Schmidt, como si practicara para un público mucho mayor.

Marija sacó rápidamente una pequeña grabadora digital de uno de sus bolsillos mientras se acomodaba en el primer asiento disponible en la parte delantera de la sala. Estaba ansiosa por empezar. La ardiente latina rápidamente se puso seria con una expresión severa en su rostro.

No podía esperar para hacerle preguntas a Schmidt. «¿Por qué se molesta en trabajar, doctor? ¿No hay suficientes zombis para realizar todos tus experimentos?

El benefactor y científico experto de la isla alzó las manos en forma simulada de defensa, como si estuviera haciendo retroceder a un atacante. Su rostro parecía cansado y su estado de ánimo era despectivo. Estaba de pie en la parte delantera de la habitación, su cuerpo ocultaba parcialmente la luz del proyector.

«¡Ahora espere, señorita Esteban! Agradezco el interés de la revista Timely por mi trabajo, pero no me crucifiquemos todavía, ¿de acuerdo?» Schmidt respondió con una leve defensa.

El Dr. Romero hizo un gesto con las manos, como para acallar la discordia y poder continuar con la presentación prevista. El Dr. Schmidt y él se movieron, cada uno a cada lado de la pantalla, mientras Hugo estaba detrás del podio, dirigiendo el proyector.

Cada médico sostenía un puntero largo de plástico. Romero señaló hacia la pantalla mientras se aclaraba la garganta, preparándose para hablar. La luz blanca de la pantalla cobró vida con un video borroso de una multitud de zombis devorando a compradores inocentes en un gran centro comercial.

«Como saben, en 2018 estalló la «plaga zombi», como la conocen los medios de comunicación, y estuvo a punto de provocar el colapso de la sociedad occidental tal como la conocemos», explica Romero.

Una nueva imagen se deslizó por la pantalla, la de un científico de aspecto inteligente con una bata de laboratorio que sostenía un tubo de ensayo lleno de líquido en dirección a la luz, mirándola.

«Hasta ahora, las mentes más brillantes del mundo no han podido encontrar una causa... ni una cura», continuó Romero.

Romero levantó el puntero hacia la pantalla. La pantalla mostraba un mapa de América del Norte. El mapa tenía zonas oscuras y manchadas en partes de algunos estados. Las manchas se fueron extendiendo, haciéndose más grandes y cubriendo áreas masivas. Miami, la mitad oriental de Columbia Británica, la mitad sur de California, el desierto de Nevada, partes de Nueva Inglaterra y partes de Texas estaban todas sombreadas.

«Mientras nuestro gobierno creaba zonas de cuarentena para mantener a los zombis aislados, el estimado Dr. Dieter Schmidt creó». Romero hizo una pausa para lograr un efecto dramático y recoger un objeto que estaba en una mesa cercana, «¡esto!»

Romero alzó un objeto metálico brillante por encima de su cabeza, uno de los collares cibernéticos para controlar zombis. No estaba cerrado con pestillo, por lo que un lado estaba abierto, dándole una forma redonda similar a la de una luna creciente.

Las manos de Romero agarraron el cuello con firmeza por ambos lados. La parte posterior del cuello tenía dos púas afiladas y brillantes que sobresalían hacia adentro. Las púas estaban ubicadas en el centro del cuello, apuntando hacia adentro. Era fácil visualizarlos clavando una puñalada en la médula espinal de una persona si tenía la mala suerte de llevarla puesta.

«¡El collar de control cibernético!» Proclamó Romero.

Ahora, el Dr. Schmidt alzó la voz y señaló desde el otro lado de la pantalla con su largo bastón de plástico un diagrama que aparecía en la pantalla y que sustituía a la imagen anterior. El diagrama era un dibujo de la cabeza, el cuello y los hombros de un zombi que ilustraba cómo y dónde cabía el collar alrededor del cuello de un zombi, y cómo las púas se clavaban en la médula espinal.

«El collar conecta directamente con el sistema nervioso central y filtra todos los impulsos cerebrales electrónicos. Esto evita los ataques y crea impulsos para responder de manera obediente», explicó el Dr. Schmidt.

La pantalla pasó a ser un primer plano de un mapa de las islas tropicales de Haití y las regiones circundantes. En la costa oeste de Haití, en el océano, había una isla resaltada con un círculo amarillo. ¿La isla estaba etiquetada como «Isla de la Gonave, Haití».

El Dr. Romero tocó con el puntero la isla que aparece en la imagen de la pantalla.

«Mientras el resto del mundo entraba en pánico, el Dr. Schmidt perfeccionó su proceso... ¡aquí!» Proclamó Romero.

Las imágenes de la pantalla ahora han cambiado a una foto de un paraíso tropical junto a la piscina. Las palmeras y las sombrillas se elevaban orgullosamente hacia el cielo.

Alrededor de la piscina había personas gordas, blancas, de mediana edad y de aspecto adinerado en trajes de baño, recostadas en sillas de jardín. Los hijos adultos o las amantes retozaban en la piscina en bikinis y trajes de baño. Todos estaban siendo atendidos y atendidos por zombis con collares de control. Los zombis les traían bebidas, toallas y cualquier otra cosa que hubieran deseado. Algunos incluso abanicaban a la gente con delicadeza con grandes hojas de palma.

«¡Creando un paraíso para la élite y los ricos del mundo!» Romero exclamó con orgullo.

Romero volvió a mirar hacia la sala, esperando ver la misma emoción que sentía en los rostros de su público. La confusión comenzó a apoderarse de su rostro cuando no vio la respuesta inmediata que esperaba. Hugo también miró alrededor de la habitación desde su posición detrás del proyector con una gran y orgullosa sonrisa.

Zeb devolvió la mirada a los hombres de ciencia con disgusto. Marija, con la grabadora aún apagada, tenía una expresión severa y enojada, con las cejas arqueadas. Jeremy parecía estupefacto.

«Vaya», murmuró Jeremy.

Marija dirigió su grabadora hacia el Dr. Schmidt y comenzó a hacerle preguntas acusatorias.

«¿Pierdes el sueño por la noche al saber que has esclavizado a personas que pueden tener seres queridos buscándolas?»

Schmidt volvió a levantar las manos en forma de defensa, riéndose mientras respondía a las indagaciones puntiagudas de Marija.

«Je. Bien, Sra. Esteban, usted sabe tan bien como yo que los zombis no tienen derechos ante la ley. De hecho, el Consejo de la ONU llegó a la conclusión de que, en aras de la seguridad humana, cualquier investigación que pueda resolver el problema de los zombis

debe prevalecer sobre cualquier derecho que puedan tener los familiares más cercanos».

Romero dio un paso adelante con una sonrisa, interviniendo antes de que la pregunta se convirtiera en una discusión. Schmidt sonrió alegremente detrás de él.

«Sé que estáis todos entusiasmados, pero mañana habrá tiempo de sobra para más preguntas y respuestas. Mientras tanto, esperamos que se unan a nosotros para cenar en la playa».

CAPÍTULO 2

Antes de que alguien pudiera protestar o de que Marija pudiera hacer más preguntas, sacaron al grupo de la habitación y lo llevaron al pasillo.

Tras caminar a paso ligero unos 10 metros, los empleados de la revista Timely fueron guiados hacia otra pesada puerta de acero y cristal y los guiaron hasta sus asientos, llenos de camareros zombis. Cada uno se tambaleó lentamente, pero erguido como tanto como podían, imitando la postura perfecta de un sirviente.

«Mis colegas y yo nos vamos a retirar brevemente a nuestras propias habitaciones para quitarnos la ropa de laboratorio y ponernos algo más cómodo», explicó Schmidt.

Cuando los invitados del continente se sentaron, una procesión de zombis servidores comenzó a poner la mesa y a llevar a la mesa todo tipo de alimentos y bebidas con un aroma delicioso. Los cadáveres se amontonaron en hilera cuando venían de detrás de una palmera, presumiblemente de alguna cocina o comedor que no fuera visible desde el punto de vista de la mesa. Los zombis que servían vestían atuendos únicos, alternando sombreros de mayordomo con sombreros de frutas tropicales, como el de la mujer bananera de Chiquita.

Marija se quedó perpleja cuando se dio cuenta de que los cadáveres masculinos tenían que usar trajes, mientras que los cadáveres femeninos vestían el estereotipado atuendo de princesa tropical.

Los visitantes se quedaron perplejos al ver una mesa puesta para un banquete con cadáveres de muertos vivientes que se habrían dado un festín con ellos si no hubieran tenido el control total de sus collares robóticos.

Después de aproximadamente 30 minutos, que parecieron tres horas, sus anfitriones se reunieron con el grupo. Todos los científicos llevaban ahora camisas hawaianas con llamativos estampados de flores, collares de flores coloridas, pantalones cortos tipo cargo y sandalias en los pies, en lugar de las botas de trabajo que llevaban antes. El Dr. Schmidt iba acompañado por una atractiva mujer rubia platino, de mediana edad, con un vestido holgado de color amarillo pálido. Marija se preguntó cuándo tendría la oportunidad de cambiarse de ropa y sentirse más cómoda. A los científicos vestidos de vacaciones también se unieron un puñado de personas mayores y adineradas residentes de la isla, cuyo dinero había financiado todo esto, además de la investigación de Schmidt sobre muertos vivientes.

El sol se había puesto casi por completo. El grupo reunido alrededor de la mesa del comedor solo pudo ver una pequeña franja roja que aún brillaba sobre el agua. Un resplandor rojo se reflejaba en el agua del océano y en la playa de arena blanca que los rodeaba.

El Dr. Schmidt estaba de pie en la cabecera de la mesa, al otro lado de sus invitados. La mesa estaba llena de antorchas tiki encendidas, colocadas e iluminadas por los tambaleantes

sirvientes muertos vivientes, que no mostraban el miedo a las llamas que los invitados esperaban al observar zombis «salvajes».

Los sirvientes zombis no paraban de ir y venir de la mesa, sin dejar de traer consigo un suministro interminable de comida y bandejas con copas de champán. La mesa ya estaba llena de un gran bufé: cerdo asado, rosbif, piña, puré de patatas, suculentas tartas de coco, las zanahorias asadas más grandes que nadie haya visto en la isla y mucho más.

«¡BIENVENIDO!» Proclamó Schmidt.

Schmidt, aún de pie con un gesto grandioso y arrollador, presentó a su tripulación y familiares sentados en la mesa que tenía delante.

«Has conocido al Dr. Atlas Romero y a mi brillante hijo Hugo. ¡Esta es mi deslumbrante y hermosa esposa, Doreen!»

Romero y Hugo se sentaron uno frente al otro en la mesa, ambos mirando hacia sus invitados con sonrisas en sus rostros. La esposa de Schmidt, Doreen, era un poco regordeta. Al examinarlo más de cerca, su cabello probablemente había sido de un rubio mucho más oscuro cuando era más joven; el blanco que lo arrastraba le daba la apariencia de haber sido una rubia platino. Al menos eso fue lo que Marija supuso. De aspecto amistoso, se sonrojó y sonrió ante los cumplidos de su marido.

Schmidt levantó su copa de champán en un brindis por los que estaban sentados a la mesa. Tenía la nariz y las mejillas sonrosadas, señal de que ya había consumido algunas bebidas alcohólicas antes de reunirse con sus invitados para cenar.

«¡Me gustaría proponer un brindis! A nuestros amigos de la revista Timely, ¡estamos aquí para enviar noticias de nuestro paraíso al resto del mundo!»

Zeb y Jeremy se sentaron uno al lado del otro en la mesa. Un brazo de zombi se interpuso entre ellos para colocar un plato de alitas de pollo en la mesa frente a ellos. Ambos hombres giraron la cabeza el uno hacia el otro, con los ojos muy abiertos por el horror, mirando fijamente el brazo podrido de un zombi que apareció entre ellos.

Un zombi con una pajarita puesta y una bandeja para servir en una mano se apoyó sobre el hombro de Marija para rellenar su copa de champán. Este zombi estaba más descompuesto que algunos de los otros y tenía un aura de putrefacción a su alrededor. El rostro de Marija se retorció de asco. Miró fijamente el cadáver animado, inconsciente, mientras se alejaba del zombi que había invadido su espacio personal. Se alejó lo más posible del zombi y levantó los brazos en defensa propia. El olor pútrido había pasado desapercibido hasta ese momento en que Marija arrugó la nariz y aspiró el aire en el peor momento posible.

Cuando el zombi se dio la vuelta para alejarse, los ojos de Marija se hincharon de asco por el olor. Rápidamente se tapó la boca con la mano para evitar que vomitara. Una de las personas ricas que estaban al otro lado de la mesa junto a Marija, una señora mayor, tenía los ojos muy abiertos por la conmoción. La mujer no estaba horrorizada por los cadáveres en ruinas a los que se había acostumbrado, sino por los ruidos de náuseas de Marija.

«Urghhh... Hrrumph...» fue lo único parecido a las palabras que salió de la boca de Marija.

La socialité del lado opuesto de la mesa recuperó la compostura. Ahora tenía la cabeza inclinada hacia arriba, levantando la nariz y mirando a Marija. Marija seguía amordazada y miraba al zombi de reojo con ojos aterrorizados mientras se alejaba tambaleándose.

«Tu sentido del olfato se ajustará con el tiempo. Dicen que es como vivir en una granja», consoló la presumida anciana.

«Hurk» fue la única respuesta que Marija pudo obtener.

Marija salió corriendo de su silla y salió corriendo hacia la oscuridad y detrás de un afloramiento cercano de palmeras, mientras la señora, confundida, observaba, algo perpleja.

«Guguk», decía Marija desdichada en la oscuridad.

Cuando estaban sentados a la mesa, Zeb y Jeremy sonreían con nerviosismo debido a la vergüenza que les producían los sonidos de Marija vomitando de fondo, algo que algunos de los anfitriones y otros invitados empezaron a notar.

«¡HURRA!» Marija se tambaleó con fuerza.

Zeb se puso de pie y se dirigió nerviosamente a la mesa, intentando hacer lo que creía que debía hacer, siendo el diplomático del grupo, como lo habría hecho Marija.

«En nombre de nuestra tripulación, me gustaría darle las gracias por su hospitalidad y por compartir su historia con nosotros para la revista Timely», agradeció Zeb.

«¡CLARO!» Marija vomitó ruidosamente detrás de los árboles.

Zeb, todavía de pie y un poco sorprendido, miró a Jeremy. El fotógrafo estaba ahora cómodamente recostado en su silla, con una bebida tropical de paraguas en una mano y mordiendo una pierna de pollo grande en la otra mientras Zeb hablaba. Un zombi trajo un nuevo tazón de puré de patatas a la mesa para reemplazar el que estaba vacío y que ahora estaba sentado delante de Jeremy, quien ya no parecía darse cuenta de los muertos vivientes que se tambaleaban.

«Entonces, ¿cuándo sacan estos tipos el postre?» Jeremy preguntó alegremente.

«¡HU-HU-HURAAAK!» amordazó a Marija en segundo plano.

CAPÍTULO 3

Unos 20 minutos más tarde, se acabaron los postres y unas cuantas disculpas avergonzadas. Romero, Schmidt y Hugo escoltaron al equipo periodístico de vuelta por las dos grandes puertas de acero por las que habían salido antes y lo devolvieron al largo y ancho pasillo. El pasillo estaba lleno de puertas en el lado derecho. Schmidt explicó que estas eran las habitaciones para huéspedes, ubicadas detrás del centro de investigación.

«Espero que nuestras habitaciones sean de lo más acogedoras», explicó Schmidt. «Cada habitación tiene un lujoso baño privado completo con jacuzzi, una nevera tipo bar de tamaño completo y completamente surtida, y más».

«¡Malvado!» Exclamó Jeremy.

«Encontrarán sus maletas en sus habitaciones. Si necesitas algo, simplemente levanta el teléfono de tu habitación. Irá directamente a quien esté de servicio», concluyó Schmidt.

El Dr. Schmidt se mostró orgulloso después de presumir del alojamiento para huéspedes, colgando las solapas de la bata de laboratorio que se había puesto holgada sobre su ropa de playa. Marija se volvió hacia Romero, sonrojada, tímida y avergonzada.

«Sé que ya dije esto y dijiste que estaba bien, pero lamento mucho lo de la cena. Estoy muy avergonzado».

Los tres científicos se rieron a sus invitados y a los demás. Romero respondió con una amplia y encantadora sonrisa a la sonrojada Marija.

«Está bien. A todos les pasa la primera vez», consoló Romero.

Y con eso, la reunión de científicos y periodistas se disolvió, y cada uno se fue a sus respectivos alojamientos.

Momentos más tarde, Jeremy estaba hurgando en sus desgastadas bolsas de equipo de cuero, con el rostro retorcido y murmurando de frustración.

«¡Deben haber llevado la bolsa de mis lentes a la habitación equivocada!» Exclamó Jeremy.

Jeremy cerró la puerta de su habitación detrás de él mientras caminaba hacia el pasillo.

«¡Lo comprobaré primero con Marija!» Jeremy pensó para sí mismo. «Vi la forma en que Romero estaba coqueteando con ella. ¡Bolsa de basura! ¡Creo que es hora de decirle cuánto me preocupo por ella!»

La mano de Jeremy llamó rápidamente a la puerta de Marija.

«¡Toca! ¡Toca!»

«¡Entra!» La voz de Marija se elevó desde el interior de la habitación.

Jeremy abrió la puerta lentamente, lo suficiente como para asomar la cabeza dentro de la habitación.

«¡Hola Marija! ¿Has visto mi bolsa de lentes?» Preguntó Jeremy.

«Sí, creo que lo vi con mis maletas al lado de la cama. Entra», gritó su voz desde el lujoso baño.

Jeremy entró corriendo rápidamente. Estaba inseguro de que Marija solo estaba siendo amable, y podría haber estado entrometiéndose en su privacidad en un momento indiscreto. No hay nada como arruinar tus posibilidades con una chica irritándola mientras intenta cagar. Rápidamente revisó el equipaje amontonado junto a la cama de Marija y sacó su bolsa de piel para lentes.

«¡Lo encontré! ¡Gracias!» Jeremy gritó.

«¡No hay problema! Acabo de ver este baño, ¡es increíble!» Marija volvió a llamar.

Jeremy pudo escuchar el tono muy amable y alegre de la voz de Marija que se dirigía hacia la puerta abierta del baño, por lo que naturalmente miró hacia arriba, aunque ya se estaba moviendo hacia la puerta para devolverle la privacidad a su compañera de trabajo. La brillante iluminación del baño brillaba tanto que solo podía ver la silueta de su cuerpo. Sus ojos se hincharon. Su boca se abrió de par en par por la sorpresa. Se quedó estupefacto en el silencio, congelado en estado de shock. Aunque no podía distinguir todos los detalles, se dio cuenta de que la forma y las curvas de Marija estaban allí completamente desnudas.

«¡Deberías venir a ver este jacuzzi conmigo!» dijo ella.

Mientras tanto, el Dr. Romero buscaba las llaves a tientas y estaba de pie en la puerta de su casa, aproximadamente a media milla del laboratorio de investigación, a través del follaje tropical. Hacía mucho que se había puesto el sol, por lo que solo había un foco en el techo para iluminar las gruesas crestas de estuco de la fachada y la pesada puerta de madera, hecha de nogal antillano.

Cuando Romero abrió y abrió la puerta, ésta crepitó con un sonido lento y gruñido que resonó en el aire tropical y se mezcló con el leve gemido de la brisa que soplaba entre las palmeras. Entró, dejó caer las llaves sobre una mesa pequeña y cerró la sólida puerta detrás de él, tal como lo había hecho todas las noches en sus tres años y medio en la isla.

«Me alegro de no estar de servicio. No tengo tiempo para esperar a nuestros huéspedes cuando estoy a punto de lograr un gran avance», pensó el Dr. Romero para sí mismo.

Romero entró en la sala de estar de su casa. Estaba decorada con buen gusto, con fotos enmarcadas en la pared y detalles de madera de nogal en todas partes, visibles en las barandillas, el piano, los marcos de los espejos y más. Encendió la luz que había al lado de la puerta. Detrás de la entrada había un gran espacio abierto que servía tanto de cocina como de comedor. En general, toda la morada estaba limpia y elegante.

Romero, distraídamente, colgó su chaqueta en el respaldo de una silla sentada a la mesa del comedor mientras pasaba por allí. Su mente ya estaba en otra parte, concentrándose en asuntos más urgentes y distraído por sus pensamientos.

«Es increíble. Mis colegas, todas las revistas científicas decían que era imposible, al menos una posibilidad entre mil millones, pero... ¡lo logré!» pensó.

El hombre corpulento se abrió paso rápidamente por un pasillo adyacente de aspecto estéril.

La mano de Romero alcanzó tentativamente la manija de una puerta cuando llegó al final de ese pasillo.

«Fue una bendición encontrar dos ejemplares bien conservados, infectados recientemente... ¡Todavía no puedo creer que lo logré!»

Romero, aún sumido en los elogios a sí mismo, entró en la habitación y bajó una pequeña y corta escalera hasta su taller. Con indiferencia, arrojó los lei que tenía colgados del cuello a un contenedor de abono cercano. Romero caminó con orgullo hacia una pared improvisada de plexiglás que creaba una celda de contención hecha en casa donde podría haber estado estacionado un automóvil.

El rostro de Romero se retorció con la mirada de un genio loco. Sus ojos se agrandaron, su boca se convirtió en una amplia y profunda sonrisa de alegría. La luz de la celda brillaba en su rostro lleno de alegría y se reflejaba en sus gruesas gafas.

«¡He creado la primera pareja reproductora!» Romero cacareó.

Allí, Romero se quedó mirando fijamente la parte de su taller más allá del plexiglás que se había convertido en un dormitorio improvisado y sujetando un bolígrafo. Dentro de la habitación, de paredes transparentes, había un par de sillas y una cama, unos cubos de basura y un banco de trabajo, que ahora no se utilizan debido a su inaccesibilidad. A través del plexiglás, Romero contempló a una mujer zombi acostada en la cama, vestida con un vestido de verano sucio y andrajoso, con el estómago grande e hinchado. En contra de toda sabiduría convencional, parecía estar embarazada. Habría pasado por ser una mujer nativa de piel oscura, de no ser por un par de manchas grises antinaturales en la tez, varias llagas abiertas en el cuerpo y la mirada salvaje y sin sentido de sus ojos. Todos son síntomas de una infección zombi. Su nivel de descomposición era mínimo, lo suficiente para saber que era una zombi. Tenía los ojos muy abiertos y parecía estar incómoda y esforzándose. El zombi macho caminaba de un lado a otro y miraba a Romero a través del pesado plástico como un lobo enjaulado. Estaba demacrado, parecía más un nativo desnutrido que un zombi. Estaba un poco más decaído que la hembra, pero al igual que su compañero, casi podía hacerse pasar por una persona viva. Ambos cadáveres andantes llevaban collares de control puestos, pero el macho tenía un brillo de ira en los ojos. El suelo y la ropa de cama estaban sucios por la podredumbre, la putrefacción y la sangre que habían comido.

«¡En cualquier momento seré testigo del primer zombi nacido vivo!»

Romero se dirigió a la mesa de trabajo cercana, donde había un filete grande y crudo sobre una bandeja.

Romero llevó el bistec a una abertura ranurada en la pared, diseñada para meter la comida.

Romero metió el filete y el zombi macho saltó inmediatamente sobre él, arrancándolo de las manos de Romero, deseoso de devorarlo.

«¡Arrrr!» gruñó el zombi. «¡Respira! ¡Schluck!»

Romero disfrutaba el sonido de los muertos vivientes devorando carne fría y cruda. El médico sonrió mientras hablaba por un micrófono redondo de metal empotrado en la pared transparente.

«Ahora, ahora, Cornelius, asegúrate de compartir con Zera», regañó Romero.

Un cuarto de milla al noreste de la casa de Romero, a lo largo de un sendero arenoso muy transitado que atraviesa los bosques de palmeras, vivía Hugo, el hijo del Dr. Schmidt.

Al llegar después de un paseo casual hasta su casa, Hugo entró en su morada. El mismo estilo de luz iluminaba el mismo tipo de puerta de madera pesada que se usó en la casa de Romero; sin duda, las viviendas de los científicos jóvenes de la isla se construyeron con los mismos planos. Hugo sacó la llave del bolsillo, abrió la puerta y entró. El diseño interior de la casa coincidía con el de Romero, con la excepción de que estaba completamente oscuro y que solo la luz que entraba por la puerta abierta revelaba un tremendo desorden. Cada centímetro del suelo estaba cubierto por una gruesa capa de paquetes de comida, periódicos viejos y revistas de desnudos.

«¡Eh! Romero sí que se fue corriendo...» Hugo pensó para sí mismo. «Sé que está trabajando en un proyecto secreto...»

Hugo encendió el interruptor de la luz y una pálida luz fluorescente cobró vida. La tenue luz reveló que la casa tenía la misma distribución que la de Romero, excepto que la cocina y el comedor estaban llenos de platos sucios y basura. Había un televisor en una esquina del comedor con un viejo y destartalado sillón reclinable enfrente, relleno de cojines y muelles que salían de las grietas. La casa de Hugo estaba mucho más sucia y oscura que la de Romero.

Hugo pasó por el mismo taller que el de la casa de Romero y se dirigió a la puerta abierta de un dormitorio. El joven científico tiró su bata de laboratorio al suelo, encima de la basura que había por ahí, al azar.

«Bueno, que persiga lo que crea que es un gran avance», pensó Hugo. «Cuando todos vean lo que he hecho, seré yo a quien adularán».

Hugo entró en una habitación lúgubre y con poca luz. En la esquina de la cama había un ancla y una cadena atornilladas a la pared.

«¡Ganaremos millones! La ciencia es excelente, pero los seres humanos siempre han estado más interesados en el placer instantáneo», se regodeó en voz alta el joven Schmidt.

Una sonrisa grasienta se extendió por el rostro de Hugo.

«¡Hola, señoritas!» exclamó.

La habitación estaba sucia y sucia; las alfombras y las sábanas estaban cubiertas con una gruesa capa de sangre seca y carne sucia. La cama estaba cubierta de sábanas sucias y sucias. La habitación contenía tres zombis femeninas, todas con collares de control. En la pared derecha, había un zombi bastante podrido con cabello largo y rubio. Parecía de mal humor y estaba encadenada y encadenada contra la pared. Los grilletes estaban lo suficientemente anclados en la pared y las cadenas eran lo suficientemente cortas como para que no tuviera más remedio que permanecer de pie con los brazos extendidos en forma de V sobre la cabeza. En la pared del extremo izquierdo, otra mujer zombi, esta mujer nativa de Haití, yacía apilada en el suelo, semiconsciente, como si se hubiera desmayado. Sus brazos también estaban encadenados a la pared, pero las anclas estaban más bajas y las cadenas más largas, por lo que sus brazos colgaban libremente, flojos a los lados. La tercera mujer zombi estaba en la cama, a cuatro patas. Tenía los brazos abiertos en forma de V en el aire por delante

de ella porque estaban encadenados y encadenados a la pared, anclados a ambos lados de la cabecera. Tenía el pelo largo y rojo y llevaba una camiseta amarilla sin mangas con el número 67 del equipo deportivo verde. Estaba desnuda de cintura para abajo.

«Huurrgg...», gimió la zombi rubia.

«Una vez que el mundo sepa que podemos usarlas como esclavas sexuales voluntarias, ¡se abrirá un mercado completamente nuevo!» proclamó el joven científico.

«Guurrbell...», jadeó la zombi haitiana entre un chorrito de líquido negro que salía de su boca.

Hugo se paró frente a la puerta abierta de un armario y se desnudó, desnudándose.

«Por supuesto, como cualquier genio incomprendido, tengo que hacer todas las pruebas yo mismo antes de poder decírselo a alguien más», dijo Hugo con sarcasmo.

Hugo estaba de pie frente al armario, ahora con un traje especial de látex que cubría todo el cuerpo sobre sí mismo.

Hugo estaba de pie en todo su esplendor al final de la cama, cubierto de pies a cabeza con un traje blanco de látex. Tenía una malla cosida en la boca que le permitía respirar pero lo protegía de las infecciones. Había dos orificios para los ojos, así que Hugo usó unas gafas de esquí bien ajustadas.

«¡Guraki!» gimió el zombi pelirrojo.

«¡Oh, yo también lo voy a disfrutar, cariño!» Hugo respondió.

Hugo se posicionó detrás del zombi pelirrojo, con las piernas abiertas.

Empujó sus cuerpos con fuerza. Sus dos siluetas se fusionaron cuando él la penetró. La zombi hembra echó la cabeza hacia atrás. El sonido que hizo pudo haber sido placer, pero parecía más bien ira, agonía o conmoción.

«¡GRAHHH!» gritó.

JEREMY Y MARIJA ESTABAN desnudos juntos en el jacuzzi, besándose y retorciéndose en el agua. Cada uno tenía una mano libre y sostenía una copa de champán.

Unos minutos más tarde, la pareja estaba probando la cama de la oscura habitación de Marija. Jeremy estaba acostado en su cama con una expresión de éxtasis en su rostro.

Cabalgaba encima de él, al estilo de una vaquera, con la cabeza echada hacia atrás y gimiendo de placer.

«¡OH!» Marija gimió.

A ZEB NO LE IMPRESIONÓ, y si alguien más hubiera estado en la habitación, lo habría visto en su rostro. Se sentó en la cama y leyó un libro, una copia en tapa dura de High Fidelity de Nick Hornby. Llevaba un par de lentes bifocales, posados en la parte baja de su nariz. Intentaba bloquear mentalmente el ruido que provenía de la habitación de Marija, al otro lado de la pared.

«Vamos a una isla llena de zombis y, por alguna razón, ¡tenemos que llevar a un devorador de hombres!» Zeb murmuró para sí mismo.

«¡AAAHHH!» Marija pareció gemir en respuesta, atravesando la pared.

Marija se alejó de Jeremy. Ambos estaban sudorosos y satisfechos, sonriendo mientras disfrutaban del resplandor crepuscular.

«¡AH! ¡Eso... fue... increíble!» Jeremy sonrió.

«¡Guau!»

Dijo Marija, aún intentando recuperar el aliento.

Marija encendió un cigarrillo, sonrió y miró de reojo a Jeremy mientras él se daba la vuelta para mirarla con amor.

«¡Hace mucho que quería hacer eso!» confesó.

«Yo también», coincidió Marija con naturalidad.

Marija se volvió hacia Jeremy y arrulló seductoramente.

«¿Podrías ser tan amable y volver a tu habitación? No intento ser grosera, pero necesito descansar para mañana», dijo con una sonrisa astuta.

«Oh, claro... por supuesto... no hay problema», tartamudeó Jeremy, sorprendido por la petición.

«Muchas gracias, cariño», respondió Marija alegremente.

Zeb seguía sentado en su cama leyendo, un poco atónito ante los sonidos que entraban por la pared, pero sin dejar que esto interrumpiera su lectura.

«Pobre tonto...» murmuró Zeb.

CAPÍTULO 4

Unas horas más tarde, salió el sol, dando señales a lo que había pasado de por vida sobre el minúsculo montón de arena para empezar una nueva jornada laboral. El sol naciente iluminaba un polvoriento corral, con un gran granero rojo. Varias manchas de tierra fueron acorralados, creando áreas de corral separadas para diferentes animales. El ganado deambulaba por el establo y por algunas de las áreas cercadas. Alrededor del corral había algunas zonas de césped y árboles que la población de la isla consideraría de aspecto extraño; las especies no autóctonas fueron posibles gracias a la importación de una rica capa vegetal. Como en cualquier granja, junto al granero había una gran pila de estiércol que se compostaba al aire libre. También había un corral para cerdos, donde los cerdos importados se revolcaban alegremente en el barro, aliviando un poco el calor tropical. Los zombis deambulaban por el corral, realizando diversas tareas agrícolas y arrojando excrementos de cerdo a un comedero. Un zombi llevaba un mono de granjero y sacaba a una vaca del establo con una brida de cuerda atada a la cabeza. Un camino de tierra que pasaba junto al corral, junto a la cerca, creaba un límite entre el entorno domesticado y artificial y la jungla tropical. Tras despertarse temprano por la mañana para tomar un café y un desayuno ligero, el Dr. Schmidt guió a sus invitados en un recorrido a pie por las instalaciones y atracciones de la isla, explicándoles cómo cada uno de ellos había contribuido a sus increíbles logros para la sociedad y el hombre. El aturdido grupo de turistas estaba formado por Schmidt, Marija, Jeremy, Zeb, Hugo y Doreen.

«El ganado vacuno y porcino viene en barco desde una pequeña granja que tenemos en Puerto Príncipe», explicó Schmidt.

El grupo permaneció de pie, apoyado en una valla de madera, observando cómo el zombi granjero arrastraba a la vaca con una cuerda hacia un corral abierto. El zombi miró fijamente a la vaca con sed de sangre con los ojos muy abiertos. Algunos de los otros zombis se dieron cuenta y vieron a la vaca reacia entrar vacilante en el corral vacío. Algunos zombis empezaron a precipitarse hacia él. La vaca se puso nerviosa y empezó a ponerse nerviosa.

«Los zombis deben consumir carne cruda cada pocos días para retrasar el proceso de descomposición», continuó Schmidt.

La vaca se ponía cada vez más nerviosa, con los ojos muy abiertos, tirando desesperadamente de la cuerda que la sujetaba. El zombi granjero sujetaba la cuerda con la mano izquierda y, con la derecha, sacaba del bolsillo delantero del mono una vieja pistola de cerrojos de acero, del tipo que lanza una varilla de acero retráctil en la cabeza de un animal para matarlo. El resto de los zombis se acercaron cada vez más, dando vueltas alrededor de la vaca.

«Así que les permitimos, mediante órdenes verbales, por supuesto, que se alimenten de ganado cada pocos días para que sigan funcionando», concluyó Schmidt.

«¡Gah!» gimió el granjero zombi.

El grupo de espectadores estaba de pie junto a la valla, y los continentales guardaban un silencio estupefacto. Solo Marija, gracias a su piel gruesa y a su experiencia profesional, reunió la voluntad de interrogar al médico. Ella tenía una expresión crítica e inquisitiva, con las cejas arqueadas con escepticismo. Sostuvo su pequeña grabadora digital.

En segundo plano, mientras el grupo observaba, el zombi granjero dio el golpe mortal con la pistola de cerrojo. El cuerpo de la vaca cojo y se cayó. Los zombis comenzaron a abalanzarse sobre él de inmediato. Hugo se apoyó en el cerca, observando la matanza con indiferencia. Zeb parecía un poco disgustado, con el rostro arrugado por el desprecio. Jeremy tenía los ojos muy abiertos, como un niño que acaba de descubrir que Santa Claus es real. Sorprendido a tientas con el

una gran cámara de telefoto colgada de una cuerda alrededor de su cuello.

«¿Y estoy seguro de que todo esto se hace humanamente, doctor?» Preguntó Marija.

«¡Uurrr!» Los zombis gimieron y gruñeron mientras devoraban su comida bovina. «¡SÍ!»

«¡Por supuesto! Se lo aseguro, los animales no sienten nada. Ahora vayamos al centro de investigación», respondió el Dr. Schmidt.

EL GRUPO DE PERIODISTAS disgustados, que contrastaban con la indiferencia de los científicos que los acompañaban, huyeron de la matanza y recorrieron el camino de tierra que conducía al corral. Los ruidos gruesos y húmedos de los muertos vivientes alimentándose.

Detrás de ellos aún se escuchaba el aire, pero se desvanecieron a medida que se alejaban. Todo el grupo trató de dejar atrás el recuerdo de la espantosa escena que acababan de presenciar, excepto Jeremy. Mientras que otros.

Centrado en el camino que tenía por delante o entablando una charla ociosa, Jeremy no dejaba de recordar el panorama cada vez más reducido de sangrienta devastación, la expresión de repulsión de su rostro no le impedía tomar fotos rápidamente.

Schmidt charló con Marija y le dio el gran argumento de venta sobre el avance científico en el que confiaba al citar en su artículo. El rostro de Jeremy se frunció de cómico y exagerado disgusto al ver que el Dr. Schmidt lo estaba haciendo abiertamente amigable con su interés amoroso.

«¡Ew!» Jeremy murmuró celosamente.

El grupo siguió a su guía hasta el gran edificio blanco cerca de la playa que constituía la mayoría de las instalaciones y centros de investigación de la isla. Un corto paseo por un estrecho pasillo concluyó con una puerta de seguridad, que requirió un escaneo de huellas dactilares y de retina. Schmidt puso la mano sobre una libreta, miró por un pequeño agujero de cristal que había en la pared y el grupo no tardó en entrar al laboratorio. Era grande y estaba lleno de paredes blancas, equipo de acero inoxidable y bolígrafos con paredes de plexiglás y con zombis en su interior. La entrada y la mitad delantera del laboratorio estaban más elevadas que la otra mitad, donde los zombis residían en sus celdas. Esto permitió a los investigadores mirarlos desde arriba, como dioses que contemplan la creación desde arriba. En la parte delantera del laboratorio había una variedad de relucientes mesas de trabajo de acero inoxidable y una nevera. Todas las mesas y encimeras eran de acero inoxidable. Encima de las mesas había una serie de equipos de vidrio: frascos, quemadores Bunsen, vasos de precipitados y una centrífuga para frascos de sangre. Romero estaba de pie en una mesa de trabajo, mirando una muestra a través de un microscopio. El Dr. Schmidt abrió la puerta para que el grupo entrara e hizo un gesto hacia el interior de la habitación con un gran movimiento del brazo.

«¡BIENVENIDO A MI LABORATORIO!» Proclamó el Dr. Schmidt.

Romero levantó la vista y giró la cabeza con una gran y amplia sonrisa hacia el grupo, aunque sus ojos parecían estar dirigidos a Marija. Marija se sonrojó un poco, mostrándose tímida y halagada en respuesta. Jeremy se dio cuenta de esto, lo que lo molestó al instante. Zeb puso los ojos en blanco ante las inmaduras maniobras que tenían lugar entre un grupo de adultos adultos. El resto del grupo fingió no darse cuenta.

«¡Hola!» Romero saludó con entusiasmo.

«¡Hola!» Marija se rió entre dientes.

Los zombis, encerrados en sus jaulas transparentes, observaban el proceso con sumo interés, brillando desde su prisión hundida.

«Aquí es donde el Dr. Romero, Hugo y yo hemos realizado la mayor parte de nuestras investigaciones y hemos hecho nuestros descubrimientos», explicó el Dr. Schmidt.

Mirando hacia abajo desde su posición estratégica, los visitantes del laboratorio empezaron a observar a los zombis de vuelta. Dos bolígrafos de plexiglás estaban uno al lado del otro, cada uno con un zombi ocupándolo. El zombi de la izquierda estaba bastante bien conservado.

Tenía algunas manchas de carne podrida y descolorida; no habría pasado por estar vivo, pero estaba cerca. El de la derecha era delgado y demacrado; su piel era correosa, agrietada por la descomposición. Había un gran bloque de cemento en cada celda.

«Como pueden ver, el zombi de la izquierda está mucho mejor conservado que el de la derecha», dijo Schmidt.

Schmidt se dirigió a sus invitados y continuó hablando, sonriendo con orgullo y tirando de las solapas de su chaqueta.

«Aunque se infectaron aproximadamente al mismo tiempo, simplemente alimentamos al izquierdo con una dieta rica en carne cruda, mientras que al derecho lo alimentamos con mucha, mucha moderación».

Jeremy volvió a mirar a los dos zombis. Ahora cada uno tenía los ojos saltones y miraba el bloque de cemento de su celda.

«El patógeno zombi subsiste en la carne para mantener el funcionamiento de la corteza cerebral. Ahora... ¡coge tu bloque de cemento con una mano y levántalo por encima de tu cabeza!» Schmidt comandaba a los zombis.

Ambos zombis se inclinaron hacia adelante y extendieron la mano para alcanzar sus respectivos bloques de cemento. Cada zombi levantó su bloque de cemento por encima de su cabeza. El brazo que sostenía el bloque de cemento del delgado zombi se tambaleaba levemente. Jeremy tomó una foto.

«Cada uno tiene la fuerza muscular suficiente para levantar un bloque de 20 libras», explicó Schmidt.

Ante los ojos de la tripulación del cargador, el brazo del zombi desnutrido literalmente se partió. El brazo y el bloque de cemento se estrellaron contra el suelo. El zombi arrugado y casi momificado no parecía sentir dolor ni sorpresa. Se limitó a mirar su brazo y se estrelló contra el suelo con la cabeza ligeramente inclinada, como si estuviera confundido.

«Pero el cuerpo del demacrado no tiene la fuerza para sostenerlo. La extremidad simplemente se rompe», continuó Schmidt.

El demacrado zombi simplemente se fue como si nada hubiera pasado, y volvió a su rutina de pasear por su celda. Jeremy tomó una foto.

«¡Sí!» el zombi gimió.

«Sin receptores de dolor vivos, el zombi no sufre y se comporta como lo hubiera hecho», concluyó el científico.

Schmidt miró al otro zombi y dio una orden firme.

«Deposita tu cuadra».

El zombi dejó su cuadra de acuerdo con las normas y siguió paseando por su recinto. Marija dio un paso adelante y señaló con el dedo el pecho del Dr. Schmidt, con una mirada acusatoria.

«¡Dijiste patógeno! ¿Significa eso que estás haciendo experimentos con personas vivas infectadas con un virus?» Marija acusada.

Al principio, el médico estaba un poco sorprendido, desconcertado.

Schmidt extendió las manos en defensa propia, sacudió la cabeza y se rió entre dientes ante la acusación de Marija.

«Je. No, no, Sra. Esteban. Si bien el patógeno zombi es un virus, lamentablemente es mortal a los pocos minutos de infectarse», explicó Schmidt.

Schmidt miró un diagrama que había en la pared del laboratorio y lo señaló con su fiel puntero de plástico. Mostraba un dibujo transversal del cuerpo humano en el que se detallaban el estómago, el aparato digestivo, el corazón y el aparato circulatorio, el cerebro, la médula espinal y el sistema nervioso. Jeremy tomó una foto.

«El virus ataca primero el sistema circulatorio y bloquea el corazón de forma mortal en cuestión de minutos».

EL PUNTERO DE SCHMIDT SE DESPLAZÓ HACIA EL ESTÓMAGO Y EL APARATO DIGESTIVO.

«El aparato digestivo cambia, la parte inferior del intestino y el intestino dejan de funcionar por completo, y el resto del aparato retiene y almacena la carne que se consume hasta que pueda ser absorbida por completo por el organismo, sin producir residuos».

Ahora Schmidt señaló el cerebro y la médula espinal con el puntero y miró al grupo con entusiasmo mientras continuaba explicando. En la tabla había una pequeña parte del cerebro resaltada con un color diferente, la parte posterior, unida a la médula espinal.

«El cerebro deja de funcionar casi por completo, a excepción de esta pequeña porción. Dispara impulsos eléctricos a los nervios y los músculos a través de la médula espinal, manteniendo el cadáver animado».

Schmidt ahora se volvió con orgullo para mirar de nuevo al grupo, con una sonrisa y una sonrisa jactanciosa, sujetando el puntero con una mano y con la otra mano sujetando la solapa.

«¡Por eso funciona mi collar de control! ¡Porque entra directamente en la corteza espinal y ajusta estos impulsos en consecuencia!» Proclamó Schmidt.

Schmidt llevó al grupo de vuelta a la puerta del laboratorio. Lo siguieron lentamente.

«¡AHORA! ES LA HORA de comer, así que hagamos un recorrido por la cafetería». El Dr. Schmidt se rió entre dientes.

Cuando el grupo salió del laboratorio hacia el pasillo, Marija se quedó rezagada y comprobó la grabadora que tenía en la mano izquierda, con la otra mano colgando holgadamente a su lado. Cuando Jeremy pasó por allí, estiró la mano para alcanzar

el que colgaba inerte a su lado.

La mano de Jeremy agarró la de Marija.

Marija levantó la vista de su grabadora con enojo, gritándole con incredulidad.

«¡No mientras estamos trabajando!» ella regañó.

Jeremy retrocedió sorprendido, como un perro atrapado robando comida de la mesa.

Momentos después, todo el grupo caminó por el pasillo. Jeremy se quedó recostado, solo unos metros a la derecha de Marija. Jeremy tenía las mejillas enrojecidas por la vergüenza; parecía nervioso. Marija siguió mirándolo de reojo, sin impresionarse. Zeb y el resto del grupo siguieron adelante. Zeb agachó la cabeza y la sacudió con incredulidad. El resto del grupo fingió no darse cuenta, mirando torpemente en diferentes direcciones, estudiando insectos imaginarios o patrones en las placas del techo que de repente se habían vuelto interesantes.

«Intentemos mantener la profesionalidad», sugirió Marija.

«Je, lo siento...» Jeremy se rió entre dientes tímidamente.

CAPÍTULO 5

Mientras tanto, el granjero zombi irrumpió en el enorme granero, preparándose para sacrificar otra vaca a los peones de su granja y a los trabajadores de la isla.

Al entrar en el corral, la vaca que había dentro se puso muy nerviosa. El olor a sangre que aún se respiraba en el aire la ponía nerviosa, y este cadáver ambulante que violaba su espacio personal no contribuía en nada a su temperamento. La vaca miró al zombi por encima del hombro, molesta. Los instintos de lucha o huida de la vaca se activaron. Empujó la pata trasera, enroscándose en el grueso músculo y apuntando lo mejor que pudo.

Una gruesa pezuña negra unida a una pierna grande y poderosa propulsada por el aire. La pata trasera de la vaca le dio una patada en la cabeza al zombi con toda su fuerza. Un crujido de huesos resonó en el establo cuando el zombi se encontró de repente volando por el aire. Aunque su esqueleto resultó gravemente dañado, el zombi permaneció sano y salvo. Se encontró volando por la puerta abierta del granero y aterrizó en la cerca cercana. La fuerza provocada por el poderoso golpe concluyó su arco con los pies del zombi aún a centímetros del suelo y la parte inferior de su espalda chocando contra el peldaño superior de la cerca. La fuerza impetuosa hizo que el peso del cuerpo del zombi lo impulsara por encima de la valla y se estrellara contra la tierra del otro lado.

El zombi aterrizó en la hierba polvorienta con un fuerte golpe. Su cuerpo estaba lo más cerca posible de algo llamado shock. Como era esencialmente un autómata biológico, inmediatamente intentó recuperar el equilibrio, tambaleándose hacia la línea de árboles cercana.

El zombi intentó ponerse de pie, con las piernas temblorosas y todo su cuerpo tambaleándose de forma inestable.

«¡SÍ!» gimió de frustración.

Fue en vano. El zombi perdió el equilibrio y se desplomó de lado contra la línea de árboles.

«¡GAAAAHHH!» gritó el pobre cabrón de los muertos vivientes.

Pudo haber acabado ahí. El zombi podría haber recuperado el equilibrio y ponerse de pie, continuar con su trabajo, porque los zombis no sienten vergüenza. Lo habría hecho si el follaje tropical no hubiera estado ocultando otra sorpresa. Al otro lado de la línea de árboles había una empinada colina rocosa. Los duros e implacables escombros se abrían paso por un desnivel de 15 pies hasta llegar a la playa de arena que había debajo. El zombi granjero se tambaleó, tropezó y comenzó a descender rápidamente por la empinada pared rocosa, golpeando y rompiendo huesos y partes de su cuerpo con todas las rocas inamovibles que encontraba. La corta caída golpeó y golpeó su cuerpo, ya sin vida. Si alguna persona viviente hubiera estado en la playa cercana, habría escuchado fuertes sonidos de huesos y músculos chocando contra piedras. La caída en picado del esclavo no muerto terminó cuando toda la fuerza del peso y la gravedad guiaron su cabeza para chocar con fuerza contra una roca en la playa, cara a cara.

El zombi, vestido con tela escocesa y un mono, yacía inmóvil en un montón arrugado en la playa.

La escena permaneció inmóvil y minutos después seguía tan silenciosa como una tumba.

«¡UUUHHH!» Un gemido emanó del cadáver en descomposición cuando comenzó a temblar.

Con una repentina ráfaga de velocidad, el zombi se sentó de rodillas, parpadeó rápidamente y miró a su alrededor. Miró a lo lejos como un perro de las praderas de Utah, como si hubiera vuelto a sentir un interés renovado por la vida.

Su collar de control estaba roto en la arena cercana, pues el mecanismo de cierre se rompió al chocar contra la roca.

Miró ahora hacia la roca, con el rostro destrozado un tanto perplejo.

Miró las dos mitades rotas de su cuello que yacían en la arena.

Después de un momento, se inclinó hacia adelante y los recogió.

El zombi sostuvo las dos mitades del collar en el aire sobre su cabeza y soltó un sonido espeluznante.

«¡¡¡GAAAHHH!!!» gritó en señal de victoria.

Momentos después, en una arboleda cercana, un grupo poco unido de zombis se agolpaba cosechando mangos en la orilla de la playa.

Uno de ellos miró de reojo y, con poco entusiasmo, se dio cuenta de que el zombi granjero, maltratado, golpeado y sin cuello se arrastraba hacia adelante. El zombi sin cuello hizo acopio de todas sus fuerzas y se mantuvo erguido, orgulloso y desafiante. Parecía enfadado, con las cejas arqueadas, los dientes apretados, los brazos levantados sobre la cabeza y las manos envueltas alrededor de una roca oscura y pesada. El zombi vestido con un mono arrastró todo el peso de la roca sobre su camarada cosechador de mango.

CAPÍTULO 6

Las paredes de la cafetería se pintaron con el mismo blanco plano que las paredes exteriores del edificio. Se veía y se sentía muy estéril. La comida se servía en recipientes de acero inoxidable en bandejas de acero inoxidable y se llevaba a mesas de acero inoxidable. Los científicos, periodistas y otros empleados del centro de investigación llevaban batas de laboratorio y se sentaban en largos bancos de acero inoxidable pegados a las mesas y comían sus hamburguesas vegetarianas o cordon bleu, según sus preferencias. Todos comían y charlaban con indiferencia, excepto Jeremy, que jugaba con la comida y miraba fijamente a Marija. Por su parte, Marija no se dio cuenta y conversó con Hugo sobre cómo era trabajar con su padre y cómo era la vida de un joven en una isla tropical rodeado de personas adineradas y ancianas.

Jeremy siguió mirando con nostalgia a Marija.

«Es tan hermosa», pensó Jeremy para sí mismo. «¡La he amado durante tanto tiempo! No puedo creer que por fin nos hayamos juntado. Espero no haberlo estropeado ya casi haciéndola parecer poco profesional. ¿En qué estaba pensando?»

Jeremy miró su comida, desamparado y consternado, y volvió a jugar con ella.

Zeb se dio cuenta, mirándolo desde el otro lado de la mesa, sacudiendo la cabeza o poniendo los ojos en blanco.

A lo lejos, detrás de Jeremy y por encima de su hombro, se encontraba la entrada de la cafetería con las puertas abiertas, que permitían ver claramente el pasillo que había más allá. De repente, varios ayudantes de laboratorio que no habían almorzado corrieron por esa puerta y entraron en otro pasillo presa del pánico.

CAPÍTULO 7

Un pequeño grupo de personas gordas, sudorosas y adineradas estaban sentadas a tomar el sol bajo el cielo tropical, reunidas alrededor de la piscina del resort. Los ricos estaban sentados bebiendo bebidas servidas por zombis junto a la piscina. Otros conserjes muertos vivientes se quedaron allí, inmóviles, esperando para ofrecerles la toalla que cubría sus brazos.

A través de una valla abierta de hierro forjado y de una hilera de arbustos ornamentales, varios zombis que no tenían collares de control (antiguos cosechadores de mangos) salieron corriendo a toda velocidad, sin que los huéspedes de la piscina los notaran.

Un zombi sin cuello se acercó sigilosamente detrás de uno con cuello que estaba junto a la piscina, preparado con una toalla. El zombi liberado agarró el hombro de sus hermanos esclavizados y llamó la atención de estos últimos. Los dos cadáveres vivientes de muertos vivientes mantuvieron contacto visual durante un momento.

El zombi del toallero se adelantó bruscamente, con una expresión de sorpresa en su rostro cuando su descontrolado pariente lo empujó por detrás.

Los brazos del zombi se agitaron al caer con un «golpe» al agua perfectamente clorada y con temperatura regulada. La acción despertó la atención y la curiosidad de los huéspedes que estaban junto a la piscina; algunos bañistas se alejaron poco a poco, llenos de repulsión. Estaba bien aceptar una toalla de un zombi, pero no compartir la piscina. El agua caía quieta y silenciosa.

Unos instantes más tarde, la cabeza del zombi del toallero emergió lentamente de la parte poco profunda de la piscina, con cara de enfado, con el cuello de control resbaladizo y disparando chispas.

El zombi subió por la rampa que había en la parte poco profunda que constituía la entrada de la piscina, dejando caer la toalla en el proceso. Mientras el sirviente no muerto marchaba lentamente hacia la piscina, las luces brillantes de su cuello parpadearon y se apagaron. El cuello se oscureció, una última chispa emitió un «chasquido» y, a continuación, el cierre electrónico se abrió de golpe, dejando que el collar cayera sobre las piedras del patio que tenía a sus pies.

Toda la escena pasó desapercibida para un anciano tumbado en una silla de jardín. Sus ojos estaban ocultos detrás de unas gruesas lentes graduadas negras, y su pecho estaba cubierto de un vello corporal grueso, gris y enmarañado y adornado con grandes cadenas y medallones de oro. Su cabeza calva estaba cubierta por un sombrero de paja para el sol. El hombre siguió recostado sin darse cuenta, las gafas oscuras le impedían ver y varias copas de cóctel vacías en el suelo junto a él.

Cuando las piernas del zombi entraron en su visión periférica, por fin se dio cuenta y dio otra orden, extendiendo la mano hacia el zombi y agitando una copa de cóctel vacía.

«¡Muy bien! ¡Tráeme otro Amaretto Sour!» ordenó el anciano.

El antiguo toallero muerto viviente se inclinó hacia adelante con enojo y mantuvo un contacto visual constante y consciente con el caballero peludo. De repente, los ojos del hombre se agrandaron con el reconocimiento. Antes de que pudiera reaccionar, el zombi que había entrado sigilosamente y había arrojado al zombi que llevaba una toalla a la piscina estaba clavando los dientes en la cara del hombre. El chico de las toallas no tardó en seguirlo, mordiendo la carne del agitado antebrazo del hombre. La sangre brotó de las heridas. El hombre lanzó un espeluznante grito mientras otros zombis liberados que estaban junto a la piscina salían corriendo hacia delante, como una jauría de perros hambrientos, mordiéndole grandes trozos de carne.

Donde antes había calma, ahora era un caos. La gente, aterrorizada, comenzó a correr y a gritar, y muchos fueron atacados por varios zombis liberados.

El caos continuó mientras los zombis atacaban y se daban un festín con los vivos. La escena de la vida real era más sangrienta que cualquier película de muertos vivientes. Un zombi recién liberado y con los ojos muy abiertos se agachó junto a la piscina, masticando un brazo humano como si fuera una alita de pollo.

CAPÍTULO 8

Fuera del centro de investigación, zombis liberados deambulaban y se adentraban en la polvorienta zona situada frente a las pesadas puertas de cristal y acero del centro.

Un par de ayudantes de investigación vestidos con batas de laboratorio corrieron sin rumbo fijo hacia la playa, horrorizados y gritando mientras los zombis los perseguían, dejando distraídamente la puerta entreabierta por el pánico.

Al entrar y bajar por el pasillo, un asistente de investigación salió del laboratorio y miró hacia un colega que estaba sentado detrás de un microscopio. No vio al zombi acercándose a ella.

«Voy a cotejar las especificaciones con las de...», empezó.

El zombi que estaba en el pasillo se lanzó y mordió la garganta de la ayudante. La sangre brotó y llenó los ojos de la joven mientras agitaba los brazos aterrorizada.

«¡¡¡AAAAAAAAIIIII!!!» gritó.

Al final del pasillo, los científicos y periodistas que estaban terminando de comer escucharon el grito y miraron hacia la puerta abierta con repentino interés. Una investigadora científica, aterrorizada, una mujer negra de mediana edad con una bata de laboratorio y el pelo recogido en trenzas largas y trenzadas, entró corriendo desde el pasillo y se dirigió a gritos a la puerta abierta de la cafetería.

«¡Dr. Schmidt! ¡Ha pasado algo! ¡Los súbditos se han liberado del cuello y están atacando!» gritó ella.

La mujer fue atacada desde la puerta por un zombi hambriento. Gritó mientras bajaba, buscando con impotencia algo en lo que agarrarse mientras el zombi la arrastraba lejos de la entrada y la arrastraba por el pasillo, fuera de la vista.

«¡¡JA!!» gruñó el zombi

«IIIEEEE!!!» La mujer lanzó su último grito.

La habitual compostura suave de la Dra. Schmidt se desvaneció. Su rostro era la definición de preocupación y pánico.

«Oh, Dios».

Marija se levantó furiosa de su asiento, tiró la bandeja al suelo y señaló con el dedo a Schmidt, enfurecida.

«¡Pensé que habías dicho que esto no podía suceder!» dijo acusatoriamente.

Romero se puso de pie e intentó calmar a todos, tratando de mantener la calma en una situación muy grave. El anciano médico extendió las manos, tratando de poner orden en una situación que estaba al borde de la erupción.

«¡Está bien! ¡No se asuste! ¡Lo hemos planeado! Todo el personal debe guardar en su interior paquetes de supervivencia con balsas inflables. Hay piezas de repuesto en el laboratorio principal», explicó Romero. «Hacemos sonar la alarma y todos sabrán cómo evacuar y correr hacia la costa para escapar».

Marija se dio la vuelta y miró a Romero, un rayo de esperanza que diluyó su pánico.

«¿Así que corremos al laboratorio, cogemos las mochilas y corremos a la playa?» Preguntó Marija con esperanza.

«¡SÍ!» Romero respondió con entusiasmo.

Un variopinto grupo de científicos, médicos y periodistas no tardó en asomar la cabeza por la puerta de la cafetería, con cautela, casi de forma cómica, para comprobar si era seguro. A lo largo del pasillo había sangre y tejidos corporales gruesos y negros esparcidos por las paredes blancas, pero no había zombis a la vista.

Toda la banda entró en acción y corrió por el pasillo hacia la salida más cercana.

«¡VAMOS! ¡VAMOS!» Zeb animó al grupo mientras corría a toda velocidad.

Un zombi furioso salió por la puerta de uno de los laboratorios y se metió en medio del grupo de corredores, asustándolos. Marija estaba al frente, muy por delante del resto. Miró hacia atrás por encima del hombro, pero no disminuyó la velocidad para asegurarse de que sus amigos estaban bien.

«¡¡RRRRAAHHH!!» el zombi gruñó.

«¡¡¡¡¡MIRA!!!!!» Jeremy gritó de miedo.

LAS MANOS DE ZEB ENVOLVIERON un extintor montado en la pared del pasillo.

Zeb le dio un puñetazo en la cabeza al zombi con el extintor, dejándole la cabeza limpia, haciendo que un ojo rodara por las baldosas del suelo y salvando a todos.

La cabeza del zombi voló por los aires y rebotó en el suelo mientras la banda seguía corriendo.

Cuando el grupo llegó al laboratorio, Romero completó rápidamente la toma de huellas dactilares y el acceso a la retina, y todos salieron corriendo por la puerta. Mientras recuperaban el aliento, Romero ya estaba accionando un interruptor para activar la alarma de advertencia. Un pulso fuerte atacó los tímpanos de todas las personas vivas de la isla. El pequeño y corpulento doctor no perdió el ritmo y ya estaba cogiendo las mochilas de supervivencia que había debajo de una estación de trabajo de acero inoxidable, con Marija siguiéndolo de cerca.

«¡AQUÍ ESTÁN! ¡QUE TODOS COJAN UNO!» Ordenó Romero.

Juntos, los científicos, que crearon la situación, y los periodistas se pusieron los paquetes de supervivencia que ofrecían una oportunidad desesperada de vivir. Pronto, los siete —Zeb, Marija, Jeremy, el Dr. Schmidt, el Dr. Romero, Doreen Schmidt y Hugo— llevaban mochilas y estaban de pie junto a las puertas dobles de acero que daban al exterior.

«Está bien... ¡VAMOS!»

Romero hizo una señal.

El grupo irrumpió por las puertas hacia el brillante y soleado mundo exterior. Corrieron a toda velocidad, corriendo hacia la playa. Los zombis hambrientos andaban dando vueltas, lanzándose sobre ellos. Había cadáveres desfigurados y partes del cuerpo esparcidos por todas partes. El ganado no infectado corría entre el caos, disfrutando de su nueva libertad. Al parecer, los granjeros zombis dejaron la puerta abierta cuando fueron liberados, prefiriendo la carne humana antes que la de los animales de granja.

Además de los isleños nativos originales y los zombis importados utilizados como esclavos de control, había muchos zombis nuevos.

Entre los muertos vivientes recién llegados había científicos, empleados de centros de investigación y turistas adinerados que llevaban peluquines y Speedo.

Casi de inmediato, Doreen Schmidt se vio rodeada de zombis. Varios la mordieron a la vez, tirando de ella y comiéndose mientras gritaba, y extendió la mano desesperada hacia el resto del grupo, que aún corría.

«¡EEEEIIII!» Sus gritos atravesaron la brisa tropical.

Schmidt, al reconocer la voz angustiada de su esposa, se dio la vuelta para ver lo que le estaba pasando. Su rostro estaba lleno de conmoción y tristeza. Extendió la mano, con lágrimas en los ojos, intentando volver a salvarla, pero Zeb.

Lo agarró del hombro con firmeza, alejándolo.

«¡NO! ¡DOREEN!» Schmidt gritó.

«¡VAMOS, DOCTOR! ¡NO PUEDES AYUDARLA AHORA!» Explicó Zeb, horrorizado.

Marija y Jeremy, ahora por delante del resto del grupo, se detuvieron un instante junto a una maleza en la playa para recuperar el aliento y mirar hacia atrás para presenciar el espantoso destino de Doreen. La pareja miró hacia la orilla para encontrar el camino hacia el agua entre la matanza y las hordas de muertos vivientes.

«Madre de Dios», murmuró Marija con desesperación.

Jeremy se acercó a Marija y puso su mano sobre su brazo.

«Está bien, igual lo lograremos», aseguró.

Jeremy miró al otro lado de la arena blanca. Pudo ver que el lado izquierdo de la playa tenía menos zombis que el derecho, que tenía el doble. En la mente de Jeremy, eso equivalía a duplicar las probabilidades de supervivencia si despegaban en la dirección menos ocupada por muertos vivientes voraces. Jeremy agarró con más fuerza el hombro de Marija y señaló una abertura en la arena.

«Podemos lograrlo si vamos en esa dirección, donde hay menos», explicó.

Jeremy cogió a Marija por los hombros y la miró fijamente a los ojos.

«Pase lo que pase, no dejaré que te pase nada malo. He esperado tanto tiempo. Ahora que por fin te tengo, ¡no te dejaré ir!» Jeremy profesó.

Marija permaneció en silencio y sorprendida durante un momento antes de que el calor le invadiera la cara y le enrojeciera las mejillas.

Marija se escapó de las garras de Jeremy y lo apartó.

«¿Me tienes? ¡¿¡ME TIENES?!? ¡Te he jodido! ¡Eso es!» tartamudeó la rompecorazones latina.

El corazón de Jeremy se hundió cuando Marija dio su conferencia. Ninguno de los dos sabía que el zombi se acercaba sigilosamente detrás de Jeremy.

«¿Sabes? ¡¿Es como estar de vacaciones?! ¡No puedo creer que pensaras que seríamos pareja cuando volviéramos!»

Marija vio al zombi sobre el hombro de Jeremy y empujó a su pretendiente hacia atrás, hacia el monstruo no muerto.

Jeremy cayó a la arena con un «ruido» mientras el zombi se cernía amenazadoramente sobre él.

«¡Lo siento, imbécil!» Marija gritó, corriendo a toda velocidad por la playa.

«URRRR», amenazó el zombi por Jeremy.

El zombi se abalanzó, chasqueando y arañando al fotógrafo con barba pelirroja. Jeremy se las arregló para agacharse boca arriba, metiendo los pies en el pecho del zombi, evitando que sus manos y dientes entraran en contacto con él. A Jeremy se le cerraron los dientes por la ira y la desesperación por todo lo que había sucedido, conteniendo las lágrimas de desamor y, al mismo tiempo, luchando por su vida.

«¡AAAA!» Jeremy gritó de ira mientras le daba una patada al zombi.

El joven cogió rápidamente su mochila de supervivencia, buscando algo en su interior. La mano de Jeremy salió de la bolsa, sosteniendo una pistola de bengalas. Movió las manos y, a pesar del pánico que sentía, encontró también una caja llena de bengalas.

Delante de él, el zombi al que Jeremy acababa de echar a patadas volvió a levantarse del polvoriento suelo.

«¡¡AAAHHHHH!!» el zombi expresó su disgusto.

El monstruo volvió a atacar a Jeremy, furioso, con la boca abierta y los brazos extendidos. Jeremy levantó la pistola de bengalas, apuntando al torso del zombi.

¡CULPA!

En una fracción de segundo, el zombi volaba hacia atrás por el aire, arrastrado hacia atrás por una bengala en el pecho.

Jeremy se quedó de pie, desafiante, sosteniendo su pistola de bengalas humeante, con cara de enfado y, si Marija hubiera estado mirando, habría tenido que admitirlo, era un poco rudo.

«Muy bien, cabrones, ya he bebido bastante hoy», anunció Jeremy.

Jeremy le voló la cabeza a otro zombi cercano con su pistola de bengalas.

¡CULPA!

Marija llegó a la franja abierta de arena cerca de la costa que había estado buscando, seguida de cerca por Zeb y el esforzado Dr. Schmidt. Los tres volvieron a mirar a Jeremy, asombrados al ver cómo se llevaba a los zombis a lo lejos.

Ahora Marija estaba mirando.

«Vaya», murmuró, sorprendida de lo mucho que había subestimado al hombre con el que había hecho el amor la noche anterior.

El Dr. Schmidt miró a su alrededor y comenzó a sentir pánico, renovando su lucha.

«¡Espera! ¿Dónde están Hugo y el doctor Romero? ¡No voy a ir sin ellos! ¡Tengo que encontrar a mi hijo!» Exigió Schmidt.

Zeb era severo y poco impresionado, pero dejó de luchar con el médico. Tenía demasiadas otras cosas de las que preocuparse.

«¡Bien! Ve a buscarlos. Al diablo con la escapada a la playa. Marija y yo podemos seguir la costa hasta el helicóptero. Nos vamos en 15 minutos», declaró Zeb con total naturalidad.

CAPÍTULO 9

Schmidt volvió corriendo a través de la playa hacia el centro de investigación, asustado y esquivando a los zombis que se lanzaban, con los ojos muy abiertos y temerosos.

Zeb y Marija corrieron por la arena en dirección opuesta, mientras corrían hacia el helicóptero mientras las olas, que chapoteaban ligeramente, salpicaban sus botas.

Schmidt tropezó y esquivó su camino hacia Jeremy, jadeando y resoplando por el esfuerzo. Jeremy se quedó mirándolo fijamente.

«H-Hugo y... el Dr. Romero están desaparecidos... en alguna parte. Los demás... están esperando en el... helicóptero H», logró Schmidt.

Jeremy había cargado más proyectiles en su pistola de bengalas mientras Schmidt daba explicaciones, justo a tiempo para escuchar al médico antes de levantar el arma y disparar, aniquilando a un zombi que se había acercado sigilosamente al hombre sin aliento.

Jeremy miró a Schmidt con frialdad y seriedad.

«Vamos a buscarlos entonces».

Jeremy inmediatamente le arrancó la parte superior de la cabeza a un zombi que había dado un paso adelante para impedir su acceso al centro de investigación. Detrás de él, casi espalda con espalda, el Dr. Schmidt sacó de su mochila de supervivencia una poderosa herramienta. Schmidt apuñaló a un zombi que lo atacaba directamente en el pecho. ¡La pala se hundió en la carne podrida con una «mancha» húmeda!

Jeremy y el buen doctor se abrieron paso por el polvoriento camino de tierra, adentrándose en la densa selva tropical mientras los zombis llegaban en masa desde todas direcciones. En el trillado camino, Jeremy y el Dr. Schmidt continuaron luchando contra los zombis que los rodeaban. Jeremy disparó la pistola de bengalas y pateó a un zombi, lanzándolo hacia atrás. Schmidt le cortó la cabeza a otro zombi con sorprendente facilidad.

Una mano humana salió de un arbusto cercano y agarró firmemente la muñeca de Jeremy.

Jeremy giró los ojos, entrecerrando los ojos con frialdad y apuntando con la pistola de bengalas directamente a la cabeza del agresor.

El Dr. Romero se asustó cuando la pistola de bengalas se estrelló contra su rostro.

«No dispares», rogó Romero.

Jeremy lo miró con frialdad y enfado.

«¿Por qué no corriste a la playa?» Preguntó Jeremy.

«Yo... ¡tengo una investigación importante en mi casa de la que no puedo salir!» tartamudeó.

Parecía haber una pausa en los zombis. Así que Jeremy se puso la pistola de bengalas en la cintura. Schmidt rondaba cerca con la pala lista.

«Bueno, qué pena, porque en cuanto encontremos a Hugo, iremos al helicóptero y nos iremos», dijo Jeremy.

Schmidt tocó a Jeremy en el hombro y dirigió su atención a una casa cercana, parcialmente visible a través de los árboles.

«Bien, porque esta es la casa de Hugo», dijo Schmidt.

CAPÍTULO 10

De vuelta en la playa, Zeb y Marija se acercaron al helicóptero.

Zeb gritó: «¡Se ve claro! Deberíamos poder mantenerlos alejados desde el interior del helicóptero».

Zeb hizo una pausa y miró sombríamente a Marija.

«Si no están aquí en quince minutos, ¡TENEMOS que irnos!»

«¿Por qué esperar? ¡Probablemente estén muertos!» Marija le respondió gritando.

Zeb parecía aún más sombrío y un poco disgustado por la respuesta de Marija.

«Humph...» fue todo lo que dijo cuando se dio la vuelta, haciendo caso omiso de su declaración.

Zeb entró por el lado oscuro, vacío y abierto del helicóptero.

«Debería haber algunas armas y suministros aquí...»

De la oscuridad, una cabeza de zombi apareció y mordió el hombro de Zeb.

«¡AH!» Zeb gritó.

Varios zombis más aparecieron desde el interior del helicóptero y comenzaron a morder varios lugares del cuerpo de Zeb.

«AAAHHHHHHHHHHHHH!!!!!!!!!» Zeb gritó de agonía mientras los cadáveres sacaban trozos de carne de su cuerpo.

CAPÍTULO 11

Jeremy, Schmidt y Romero se acercaron con cautela a la puerta principal de la casa de Hugo. La pesada puerta principal estaba un poco entreabierta, y los tres hombres estaban parados junto a la puerta, ahogándose en un temor silencioso. Schmidt usó la punta de su pala armada para abrir lentamente la puerta durante el resto del camino. Los hombres entrecerraron los ojos y se asomaron a la sombría y desordenada casa. Entraron de puntillas con cautela, con las mentes en alerta máxima.

«¿Hugo?» Preguntó en voz alta el padre del joven, esperanzado.

Los tres entraron lentamente a la casa, atravesando con cautela toda la basura del suelo. Jeremy sostuvo la pistola de bengalas con ambas manos, la dejó caer frente a él y estaba listo. Schmidt se aferró sin fuerzas a su pala y la arrastró. Romero buscó con cautela en el armario del pasillo, localizó un bate de béisbol y lo puso sobre su hombro.

Hugo estaba de pie al final del pasillo que conducía a la habitación. Llevaba pantalones sobre su traje de látex que cubría todo el cuerpo, con la capucha retirada y dejando al descubierto su rostro. Tenía los ojos oscurecidos y descoloridos, sus mejillas tenían una extraña palidez verde, como si empezara a decaer. A pesar del hecho evidente de que Hugo se estaba convirtiendo en uno de los muertos vivientes que los hombres trataban desesperadamente de evitar, el Dr. Schmidt se mantuvo erguido y confiado, tendiendo la mano hacia su hijo, con ganas de dar un paso adelante y apoderarse de él con la protección paterna. A los pies de Hugo estaban las tres esclavas sexuales zombis que había mantenido en secreto en su habitación. A cada concubina no muerta se le sustituyó el collar de control por un grillete en el cuello atado a una cadena, cuyo otro extremo estaba firmemente en la mano de Hugo. Los amantes de los zombis encadenados se agacharon y miraron fijamente a los humanos vivos que se atrevían a entrar en su húmeda morada como voraces animales salvajes.

«Papá. Conoce a las chicas», emitió una voz ronca y distante de Hugo.

La realidad empezó a asimilarse. El Dr. Schmidt se horrorizó rápidamente.

«Dios mío, Hugo, ¿qué has hecho?» Schmidt tartamudeó.

El rostro de Hugo, que se estaba convirtiendo lentamente en zombi, se hundió. Parecía abatido, derrotado y deprimido.

«Je... pensé que habrías estado orgulloso de mí. Habríamos ganado un montón de dinero», opinó Hugo con esa voz lejana que cambiaba rápidamente.

Hugo levantó la vista y miró fijamente con sus ojos arruinados y su rostro verde.

«... si el traje no hubiera goteado», se le rascaron las cuerdas vocales.

El cuerpo de Schmidt se estremeció, abrumado por la repulsión y el terror.

«¿Dinero? ¡No necesito dinero! ¡Esto es una abominación!» Schmidt luchó contra los sentimientos de traición y las lágrimas.

«¡AY! ¡No digas eso, papá! ¡Son buenas chicas! ¡Solo necesitas conocerlas!» La voz de Hugo recorría y arañaba cada sílaba, empezando a chorrear oscuras manchas de sangre por sus labios.

El rostro descolorido de Hugo se convirtió en un profundo y distorsionado ceño de ira. Su mano soltó las cadenas que sujetaban a las mujeres hambrientas y esclavizadas. Las cadenas se estrellaron contra el suelo.

Las tres chicas zombis se abalanzaron sobre el Dr. Schmidt y comenzaron a morderlo mientras gritaba de terror. Su rostro se convirtió en una máscara retorcida de miedo y agonía.

«¡¡¡¡AAHHHH!!!!» gritó el doctor.

«¡¡JA!!» la concubina no muerta pelirroja gimió antes de morder al hombre que gritaba en el suelo.

De repente, la rubia zombi levantó la cabeza y su mirada hambrienta se dirigió a Jeremy, que había estado retrocediendo lentamente hacia la puerta por la que habían entrado desde el momento en que vio por primera vez a Hugo al final del pasillo con una jauría de zorras zombis atadas con cadenas.

Romero no había tardado mucho en captar la señal y también estaba retrocediendo por la habitación, todavía unos pasos más cerca de la manada de muertos vivientes que devoraba a su colega. Ambos hombres estaban horrorizados y disgustados.

Jeremy levantó su pistola de bengalas y disparó contra la cara silbante de la rubia zombi.

Jeremy y el Dr. Romero salieron corriendo de la casa a toda velocidad, con los ojos muy abiertos por el miedo. Al salir corriendo por la puerta principal, la banda de zombis que había en el interior se revolvía y arañaba, trepándose unos sobre otros, confundidos y en conflicto sobre si debían perseguirlos o seguir devorando la comida que ya habían tirado en el suelo. La zombi rubia, a la que la bengala de Jeremy solo le había destrozado una parte de la cabeza, rodó y se retorció por el suelo.

«¡Vete de aquí, carajo!» Exclamó Jeremy, corriendo varios metros por delante de Romero.

Marija, sin aliento y jadeando, apareció entre los árboles, corriendo en la dirección opuesta, hacia los hombres que huían de la casa. Al ver que ninguno de los dos quería comerse al otro, los tres supervivientes se detuvieron en seco.

«¡Gracias a Dios! Chicos, necesitamos encontrar un nuevo escape. Tienen a Zeb y la playa está demasiado llena para ir por ese camino», explicó Marija con dificultad para respirar. «Tal vez podamos Maaaaaakkk...»

«¡UN CHAPOTEO!»

La voz de Marija había pasado de hablar aterrorizada a un grito tenso a mitad de la frase. Sus ojos, muy abiertos por la sorpresa, se asomaron por encima de su hombro para mirar el rostro que tenía detrás. El rostro de Zombie Hugo proyectaba una mirada intensa y maniáticamente malvada que la miraba. Su puño derecho había atravesado el pecho de Marija por detrás. La mano ensangrentada le salía por delante, le arrancaba la camisa y sujetaba su corazón en su garra ensangrentada, una arteria aún unida a su cavidad torácica, que estaba estirada en forma de cuerda larga y afilada. Jeremy y Romero quedaron paralizados por el shock; Jeremy estaba salpicado con la sangre de Marija.

El zombi Hugo, con el brazo ensangrentado que aún atravesaba el pecho de Marija hasta el codo, se llevó la mano a la cara, sin dejar de mirar a Marija, que se desvanecía rápidamente, y le dio un mordisco en el corazón. Los ojos de Marija se pusieron en blanco hacia atrás y su cuerpo quedó flácido y sin vida, con los ojos muy abiertos y muertos. El cadáver de la bella hispánica cayó en el abrazo ensangrentado y cubierto de sangre del zombi Hugo.

La mirada del zombi Hugo se dirigió al sorprendido Jeremy. Era una mirada profunda y conocedora. Lentamente, la mirada que Jeremy le devolvió cambió de conmoción a ira.

Luego, detrás del cadáver ambulante de Hugo apareció el Dr. Schmidt, que acababa de convertirse en zombi, seguido de las tres concubinas de Hugo; a la rubia le faltaba una gran parte del lado izquierdo de la cabeza. De su enorme herida colgaban sangre y trozos de cerebro. Lo que quedaba de su rostro parecía muy cabreado.

«¡MIERDA!» Exclamó Jeremy.

Lleno de pánico, Jeremy levantó su pistola de bengalas y disparó al azar contra la manada de zombis.

«¡TONTO!»

CAPÍTULO 12

Romero y Jeremy se encontraron de pie espalda con espalda.

Romero atacó a los zombis que flotaban fuera de su alcance, y Jeremy los mantuvo a raya disparando sus bengalas. Romero señaló una vacante en la horda.

«¡Podemos lograrlo! Si corremos a mi casa, ¡tendré comida, un generador y una habitación segura para esperar a que me rescaten!» Suplicó el Dr. Romero.

Sin decir una palabra más en discusión, los dos empezaron a correr por el polvoriento camino de tierra, dejando atrás un muro de zombis descontentos. Jeremy les disparó otra bala para disuadir a los monstruos de seguirlos.

«Está bien, ¡vamos!»

Corrieron por la polvorienta carretera y pasaron junto a un gran cobertizo de madera de aspecto desvencijado justo al lado del sendero. Tenía un par de ventanas oscuras que daban a la carretera. Un cable de alimentación conectado al techo flotaba sin fuerzas en el aire hacia su improvisado poste hidroeléctrico, suministrando electricidad al edificio.

«¿Qué es eso?» Preguntó Jeremy.

«Ese es el cobertizo de servicios públicos», explicó el Dr. Romero.

Jeremy hizo una pausa, con los ojos entrecerrados, pensando. Romero lo miró con incredulidad.

«¿Qué guardan ahí?» preguntó.

«¡COSAS! Generadores, productos químicos para piscinas, gasolina, suministros de investigación, ¿por qué?» Romero estaba exasperado.

Jeremy levantó su arma, con los ojos entrecerrados, parecía un héroe de una película de acción.

«Busca un lugar donde esconderte... tengo una idea».

Jeremy cambió de dirección, corrió hacia los muertos vivientes que se acercaban, agitando los brazos y dando vueltas en círculos por la polvorienta carretera, burlándose y burlándose de los monstruos que poco a poco le estaban alcanzando. Su actuación había dado resultado, ya que había llamado la atención de los zombis y había despertado su hambre. El cobertizo estaba al fondo, con la puerta principal abierta.

«¡Vamos, cabrones apestosos! ¡Ven a morderme el culo!» Gritó Jeremy.

Jeremy corrió hacia el cobertizo abierto. Miró a su alrededor y vio las bolsas de cloro, otros productos químicos y las grandes jarras de gas. Pronto, los zombis se acercaron furiosos, lo siguieron y atravesaron la estrecha puerta y entraron en el cobertizo.

Jeremy pateó una gran jarra de gas y la derramó con un trapo mientras zombis furiosos comenzaban a entrar en la pequeña habitación.

Jeremy abrió una de las ventanas cercanas mientras los zombis extendían sus dedos resecados y marchitos hacia él, enfurecidos y tropezando unos con otros, intentando ser los primeros en atiborrarse de su carne.

Jeremy salió por la ventana y se tiró al tejado mientras los furiosos brazos de un zombi lo agitaban con garras y garras, intentando agarrarlo.

«¡GAAAH!» un zombi gritó por la ventana abierta con frustración.

Mientras tanto, el Dr. Romero, que había estado escondido entre el espeso follaje de árboles y arbustos haitianos justo al lado del sendero, miró hacia arriba y vio a un zombi nativo alto y furioso que lo amenazaba.

«¡ARRR!»

Romero le arrancó la cabeza al zombi con su bate de béisbol, que hizo un fuerte sonido pop. El médico se dio la vuelta a tiempo y vio que otro zombi se le acercaba sigilosamente.

Jeremy ahora estaba colgado boca abajo del cable hidráulico que estaba conectado al techo, con las manos y las piernas enrolladas alrededor del cable, alejándose lentamente del edificio. El cobertizo estaba ahora repleto de zombis, todos furiosos y tendiendo la mano. Algunos intentaban subir a la azotea desde la ventana, tal y como habían visto a Jeremy hacerlo momentos antes.

Romero luchó contra los zombis con su bate, presa del pánico y los ojos muy abiertos por el miedo; Jeremy quedó colgado del alambre. El joven barbudo sacó su pistola de bengalas y apuntó a la ventana del cobertizo.

«HAGAS LO QUE HAGAS, ¡DATE PRISA!» Romero gritó desde su posición en los árboles para atacar zombis.

«Foooooosh».

Jeremy disparó una bengala contra la ventana del cobertizo llena de zombis.

«KA-BOOOOOM».

El cobertizo estalló en una explosión masiva. El suelo se sacudió cuando una bola de fuego y humo se elevó por el aire, emitiendo trozos de vidrio, madera y partes de zombis en todas direcciones y hacia la atmósfera. Jeremy seguía aferrado al cable de alimentación, cayendo rápidamente por el espacio ahora que uno de los extremos ya no tenía ningún edificio conectado a él.

Romero comenzó a sentir pánico cuando una pequeña manada de zombis llenos de vidrio y fragmentos de madera comenzó a rodearlo.

La bota del pie derecho de Jeremy no tardó en arrancarle la cabeza a uno de los hombros de un zombi, que se abalanzó sobre la manada de muertos vivientes, aún agarrados al tendido eléctrico. Disparó una bengala contra la multitud mientras pasaba por allí, agarró la delgada cuerda y aterrizó sobre otro zombi que se había acercado sigilosamente a Romero. Utilizó al zombi para detener su caída, aplastando su cabeza blanda y podrida y el cerebro que había dentro bajo su bota cubierta de gore cuando aterrizó.

Jeremy se mantuvo erguido, orgulloso de ser un hombre que había hecho frente al desafío más difícil con el que cualquiera pudiera soñar, no solo de llegar a la cima, sino también de proteger a los demás. Volvió a disparar, haciendo volar a otro zombi y ahuyentando al resto de la manada en ruinas.

Romero se miró la pierna y se rió sarcásticamente. Se agachó, sujetándola y haciendo una mueca de dolor. Un gran trozo de cristal y varias astillas del tamaño de un dedo, restos del cobertizo que había explotado, le atravesaban la pierna. La sangre brotó de él sin pedir disculpas.

«Je... eso podría ser un problema». El médico se rió entre dientes sin esperanza.

«¡Oh, carajo!» Jeremy espetó.

ROMERO, QUE PARECÍA desesperado y derrotado, metió la mano en su bolsillo, sacó un juego de llaves y se las ofreció a Jeremy. El corazón de Jeremy se hundió. Su sentimiento de orgullo se evaporó. Al darse cuenta de que sus propias acciones habían causado un terrible daño a su amigo que, con toda probabilidad, lo llevaría a la muerte, lo dejó inundado de tristeza.

«Toma mis llaves y corre hacia adelante. Si no sobrevivo, al menos uno de nosotros sobrevivirá», indicó el Dr. Romero.

Jeremy miró con severidad, pero comprendió, y le entregó a Romero su pistola de bengalas y los cartuchos que le quedaban. A cambio, le quitó las llaves a Romero junto con su bate.

Jeremy puso una mano sobre el hombro de Romero y reunió toda su fuerza de voluntad para mirar a Romero a los ojos con severidad y confianza.

«Está bien. Entonces coge la pistola de bengalas. Nos vemos pronto», instruyó, casi mandando, al anciano médico.

Jeremy salió corriendo por el camino de tierra mientras Romero disparaba contra un zombi que se acercaba.

Los estruendosos sonidos de las bengalas se desvanecieron cada vez más bajo a medida que Jeremy corría por la carretera.

CAPÍTULO 13

Romero avanzó lentamente por la carretera, se apoyó en un árbol y disparó un par de tiros más contra los zombis. El final de la tarde había pasado a ser temprano en la noche, y comenzó a notar que el cielo cambiaba de color a medida que el sol se ponía y la luz natural que proporcionaba comenzaba a disminuir.

Romero disparó otro tiro contra un zombi solitario que se encontraba en la carretera delante de él. Había oscurecido aún más a medida que el sol se ponía rápidamente en Haití.

Tras una corta caminata cojeando, Romero se acercó al frente de su casa, con luces que la iluminaban desde adentro.

«¡Gracias a Dios, lo logré!» Romero no exclamó en voz alta a nadie en particular.

Romero encontró la puerta abierta, la abrió y miró con cautela el interior. Parecía que los cajones y armarios ya habían sido revisados en busca de suministros. Todas las luces estaban encendidas, pero la casa parecía estar vacía.

«¿Jeremy?» Llamó el Dr. Romero.

No hubo respuesta.

El médico tardó una fracción de segundo en sopesar sus opciones y darse cuenta de que se sentiría mucho más seguro detrás de las cuatro paredes de su casa con la puerta cerrada, que a la intemperie, independientemente de si Jeremy seguía allí o no.

Entró y cerró la puerta desde adentro.

Jeremy ya debe haber mirado a su alrededor y haberse dirigido al taller. Estoy seguro de que tendré que explicarle un poco sobre mi investigación a la pareja reproductora, pero él debe entender lo importante que es mi investigación, pensó Romero para sí mismo.

Romero caminó cojeando por el pasillo y entró en el taller, bajando las escaleras con dolor. Solo una luz tenue apenas iluminaba la habitación. En la penumbra, Romero reconoció la silueta de Jeremy que aún sostenía el bate.

«¡Gracias a Dios que lo lograste! Puedo explicar lo de los zombis que hay en la celda», tartamudeó Romero en una apresurada explicación.

Romero se dio la vuelta y encendió el interruptor de la luz que estaba cerca.

«Estoy feliz de haber llegado hasta aquí con vida a pesar de mis heridas...»

Romero continuó, distraídamente.

La voz de Romero se ahogó por el terror. En el taller, ahora iluminado, pudo ver que los bancos de trabajo estaban volcados. El corral de zombis estaba abierto. En el centro de la lúgubre habitación, Jeremy estaba de pie. Tenía una herida abierta en el cuello y otra en el hombro; su piel había adquirido una palidez verde grisácea pálida y sus ojos oscuros brillaban. Tenía pequeñas marcas de mordeduras en la cara, los brazos y las piernas. Sostenía al bebé zombi mojado y ensangrentado.

Detrás de él, en el lado izquierdo, estaba la madre zombi, un gran agujero abierto donde estaba su estómago. Parecía amenazadora, sin ningún tipo de collar de control. Junto a ella estaba el «padre», enojado y hambriento. A él también le faltaba el collar de control. Los cuatro muertos vivientes fijaron su voraz mirada en Romero.

Jeremy emitió un sonido tenso y áspero.

«Enhorabuena... ¡Es un niño!»

EL FINAL.

Also by Mike Gagnon

Orlok
Orlok

Standalone
Skidsville
The Island of Dr. Morose
The Illusion of Freedom
A Letter to the Middle East
A Western Gentleman
Project Magenta
La isla del Dr. Morose
L'île du Dr Morose

Watch for more at www.mikegagnon.ca.

About the Author

Mike Gagnon is an author living in the Niagara Region of Canada.

He has been a professional writer and comic creator since 2000. He has written, illustrated and edited hundreds of books, articles and graphic novels.

Mike has worked for publishers of all sizes, from Marvel Comics to many small press publishers.

For more info visit: www.mikegagnon.ca

Read more at www.mikegagnon.ca.